WESTERWALD

Landstraße 288

by

Jonathan S. Hawkings

On a long and lonesome highway,
East of Omaha
You can listen to the engine moanin'
Out his one long song
You can think about the woman
Or the girl you knew the night before

Metallica – "Turn The Page"
Im Original von Bob Seger

Das Sonnenlicht brach sich schimmernd durch die Baumkronen hindurch. Alles wirkte wie auf einem romantischen Kalenderfoto. Draußen musste es völlig windstill sein, kein Blatt und kein Zweig bewegten sich. Martin Fischer schaute aus dem Fenster des Busses hinaus und sah nichts als Bäume entlang dieser endlosen Straße, deren Blätter wie grüne Smaragde in der Mittagsonne funkelten. Heute war Freitag, der 13. Juni, und bis zu den Sommerferien waren es nun mehr weniger als zwei Wochen. Weniger als zehn Schultage, um die 12. Klasse endlich zu beenden.

Doch was käme dann? Martin war kein guter Schüler, er hatte damals mit vierzehn Jahren die achte Klasse einmal wiederholen müssen, wegen Faulheit und seinem Hass auf Englisch und Chemie. Eigentlich war nun die Zeit, erste Bewerbungen zu schreiben oder sich einen Studiengang auszusuchen, denn das kurze 13. Schuljahr bis zum Abitur verging schneller als man dachte.

Seine Eltern waren jetzt schon ständig am nörgeln, (wegen allem was er den lieben langen Tag so trieb). Hauptsächlich hörte er nämlich Heavy Metal, spielte Computer bis die Augen brannten, schaute Horrorfilme der blutigen Art wie *Saw* oder *Hostel*, und konsumierte reichlich Haschisch, Marihuana oder Bier.

Die Gespräche über seine berufliche Zukunft würden weiteres Öl ins Feuer gießen.

Die Eltern wussten nicht alles, was er veranstaltete (den Drogenkonsum konnte er bisher geschickt verstecken), aber einige der anderen Gründe machten seine Eltern sauer. Fürchterlich sauer!

Martin sprach nicht mehr viel mit ihnen. In seinem Slang gingen sie ihm einfach „tierisch auf die Eier". Seine Eltern waren für ihn „uncoole" Spießer, die nichts von den Problemen eines Teenagers verstanden.

Er hasste sie, genau wie er die Schule hasste, sein Leben hasste, und die Zukunft hasste. Das Ziffernblatt auf seiner Uhr zeigte 13:24 Uhr an. Vor vierundzwanzig Minuten war die Schule aus gewesen, nun saß er schon geschlagene zwanzig Minuten im Bus, und er hatte bis zu seinem Heimatort Wehbach noch eine zähe halbe Stunde vor der Brust. Der Bus hatte seine lange Reise im beschaulichen Hachenburg im Westerwaldkreis begonnen (dort lag auch Martins Schule) und fuhr durch bis Betzdorf, was wiederum zum Landkreis Altenkirchen gehörte.

Von dort aus musste er umsteigen und über die Stadt Kirchen in sein kleines Nest Wehbach zuckeln. Hier war nicht viel los; hier war eigentlich so gut wie überhaupt nichts los. Eine Beerdigung gehörte für die Dorfbewohner zweifelsohne zu den Höhepunkten des alltäglichen und tristen Lebens.

Wanderte man mit dem Finger auf der Landkarte von seinem Heimatort Richtung Osten, kam erst ein Kaff Namens Niederfischbach, bevor es dann über die Bundeslandgrenze hinaus ging, und die Stadt Siegen, eine wirkliche Großstadt mit über 100.000 Einwohnern, einem wieder der Zivilisation nahe brachte.

»Was kann man hier schon machen?«, fragten seine Kumpels immer und immer wieder.

Für die Jungen gab es keinerlei Alternativen außer Saufen und Drogen nehmen, denn das machte das Wochenende wenigstens etwas bunt und fröhlich.

Der Westerwald und der Landkreis Altenkirchen waren einfach eine totlangweilige Gegend, vergleichbar mit der Einsamkeit des amerikanischen Mittelwestens. Nur hießen die Highways hier Bundes- oder Landesstraße und waren in der Regel baulich besser beschaffen, doch das Bild war sich sehr ähnlich. Man sah teilweise alte, verlassene Scheunen, auf denen schwarze Raben mit Unheil ankündigenden Lauten umher kreisten. Man sah einsame Kreuze und kleine Kapellen mit Christus-figuren, die ihre Hände zum Gebet falteten. Und es gab Felder, große Getreidefelder, auf denen schwarze und bunte Vogelscheuchen mit Schlapphütten oder Kopf-tüchern baumelten, um zu dieser Jahreszeit die Vögel von der Ernte zu vertreiben.

»Romantisch, nicht?!«, würde ein Stadtmensch sagen und den Fotoapparat aus der Tasche kramen.

»Zum Kotzen!«, würden Martin und seine Freunde wutentbrannt antworten.

Der Bus hielt mit seinen alten, quietschenden Achsen am Betzdorfer Busbahnhof, und da der Anschlussbus noch nicht bereitstand, marschierte Martin noch schnell zum neu errichteten *Subway*, der den armen Schul-kindern das Geld aus der Tasche ziehen sollte. An diesem Busbahnhof trafen sich nämlich hauptsächlich die Kinder aller Schulen, die auf dem Molzberg in

Kirchen standen. Der Besitzer hatte sich hier wirklich einen strategisch cleveren Punkt ausgesucht, diesen blöden Laden am Fuße des Berges hinzupflastern, dachte sich Martin, bevor er in sein Thunfischbaguette biss, und die Reise schließlich weiterging.

Fünf Mal in der Woche musste Martin morgens eine Stunde fahren, und am Nachmittag dieselbe Prozedur in die andere Richtung über sich ergehen lassen. Wenn der Winter mal anzog, und sie können glauben, dass er das in dieser Gegend häufig tut, wurden aus jeder Fahrt auch schon mal zwei bis drei Stunden. Martin hasste es, er hasste es abgrundtief sein Leben so sinnlos auf der Straße zu verschwenden.

Zur Ablenkung, und um sich auf andere Gedanken zu bringen, begann er, sich seine Wochenendpläne auszumalen, die wenig Erheiterndes für Außenstehende zu bieten hatten. Nachdem er zu Hause angekommen war, würde Martin mit dem Fahrrad zu seinem einzigen guten Kumpel Sven fahren, der einen Ort weiter bei seinen Eltern in Niederfischbach wohnte. Sven war Mitte zwanzig, hatte keine Ausbildung, war mit siebzehn Vater geworden und verkaufte hin und wieder Hasch, Ecstasy und LSD.

Anschließend würde Martin zurückfahren, sich einfach das Auto seines Vaters schnappen, und zu einem Supermarkt in Elkenroth, was auf der L 288 zwischen Betzdorf in Richtung Hachenburg lag, fahren. Nur dort gab es diese ganz besonderen orientalischen Chips, die er für den gelungenen Kiffer- und Saufabend noch benötigte. Es war eine Tüte mit ganz besonderer Wasabi-Mischung, die höllisch im Hals brannte, und die von einem völlig unbekannten Hersteller aus dem fernen Osten geliefert wurde.

So würde es ein tolles Wochenende werden. Zuerst würde Martin einige Runden Computer spielen, vielleicht im Netzwerk, um andere User niederzumetzeln. Dann müsste er eine Münze werfen, ob er sich zuerst einen Horrorfilm oder einen Pornofilm anschauen würde. Eine Freundin gab es in seinem Leben nicht; mit seinen zwanzig Jahren gab es bisher noch überhaupt kein Mädchen in seinem Leben.

»Willst du etwas essen?«, fragte seine Mutter, als sie an der verschlossenen Türe rüttelte.

Wie immer in den letzten Wochen kam aus dem Zimmer keine Antwort.

»Martin, ich finde das nicht in Ordnung. Hörst du?«

Doch er ging einfach zu seiner Stereoanlage und drehte die Lautstärke nach oben. Das wunderschön laute *Warriors Of The World* der Band *Manowar* donnerte nun regelrecht durch die ganze obere Etage. Wütend und mit hochrotem Kopf ging seine Mutter wieder nach unten, mit der im Kopf polternden Frage, ob das wirklich ihr Kind war, welches sie unter Schmerzen zur Welt gebracht hatte. Mittlerweile war sie sich immer unsicherer, wirklich eine gute Mutter gewesen zu sein. Hatte die gesamte Erziehung so versagt? Oder lag es an dem schlimmen Verlust, den ihr Sohn damals hatte hinnehmen müssen?

Martin wartete, bis seine Mutter zur Gartenarbeiten hinter das Haus schlich, um sich dann schnell aus der Türe zu stehlen. Sein Vater arbeitete bei der Deutschen

Bank in Hachenburg, und kam erst in fünfzehn Minuten nach Hause.

Er rannte raus, krallte sich das Fahrrad, welches an die Hauswand angelehnt war, und radelte los. Es war früher Nachmittag, und die Sonne stand noch immer recht hoch am Himmel und strahlte warm auf die Erde. Vögel zwitscherten vergnügt umher, Familien mit ihren kleinen Kindern gingen strahlend über den Gehweg, aus Freude über das schöne Wetter und das bevorstehende Wochenende.

Zwischen Wehbach und Niederfischbach gab es einen betonierten Fahrrad- und Gehweg, wo einst einmal eine Eisenbahnstrecke gewesen war.

Heute liefen wirklich viele Leute dort entlang; Pärchen, die Hand in Hand mit Inlineskates fuhren; Fahrradfahrer, die schwitzend und in maßgeschneidertem Outfit trainierten; und auch einfach junge Leute, die mit einem Eis in der Hand das Leben begrüßten.

Sie waren alle dumm, alles dumme Inzuchtaffen, dachte sich Martin. Auf ihn wirkte die Sonne am Himmel nicht, er hasste die lachenden Leute mit ihrer guten Laune. Wer konnte in so einer Gegend hier schon wirklich glücklich sein? Alles Schauspieler, alle machen sich hier nur selbst glücklich, hörte er eine Stimme in seinem Kopf sprechen. Auch der kleine Fluss, der von Fischbach in Richtung Wehbach floss, und dessen Oberfläche so glitzerte, wie man es auf diesen schönen Jahreskalendern kennt, ließ ihn kalt. Er hörte nicht das beruhigende Rauschen der kleinen Wellen; er hörte das Gedröhne der Band *Sepultura*, die gerade aus den

Kopfhörern heraus sein Trommelfell malträtierten. Zornig trat Martin in die Pedale seines Fahrrads.

Sven wohnte direkt am Marktplatz in Niederfischbach, dort, wo ein Brunnen Wasser spie, und sich viele Jugendliche am Nachmittag sammelten, um zusammen irgendetwas zu unternehmen. Mal gingen die jungen Leute in den Wald zu einer Grillhütte, mal klauten sie im Lebensmittelmarkt Zigaretten, und manchmal, da lungerten sie auch einfach nur herum, und verträumten den Tag mit der Vorstellung von einem besseren, oder einem größeren Leben als dem Ihrigen.
»Ihr träumt euch auch noch aus, wenn ihr festgestellt habt, dass das Leben eine einzige Lüge und eine große Enttäuschung ist«, fluchte er sie an, aber natürlich so weit entfernt, dass die Jugendlichen ihn nicht hören konnten, um keinen Ärger mit ihnen zu bekommen.
Sven regte ihn heute auch auf. Hatte er letzten Monat noch für fünfzehn Gramm zwanzig Euro verlang, so waren es nun schon fünfundzwanzig Euro. So ein Halsabschneider, dachte Martin sich. Mit der Menge kam er immer nur eine Woche lang aus.
Doch einen Wermutstropfen hatte er sich geklaut. Martin zog zwei kleine Papierplättchen aus der Tasche, die er dem Halsabschneider gezogen hatte, als jener unter dem Bett in der Kiste mit allen möglichen Cannabissorten gesucht hatte. Diese Bilder sahen aus wie kleine Briefmarken, oder Aufkleber aus der Mickymaus-Zeitschrift, so kindlich, so unschuldig. Doch Martin wusste ganz genau, warum man sich diese Dinger so gerne auf der Zunge zergehen lies...die drei

Zauberbuchstaben hießen LSD, der ultimative Trip. Schon beim Gedanken daran, heute ein Plättchen zu nehmen, geriet er in pure Ekstase.

Mit knallrotem Kopf, und erregt durch den anstehenden Konsum, stieg Martin auf sein Fahrrad und radelte zurück nach Wehbach. Der Fahrradweg von Freudenberg Kreuzseifen bis nach Kirchen diente einst als Schienenbett für die Asdorftalbahn.
Zwischen den kleinen Dörfern bestand früher einmal eine Zugverbindung, und so führte der Radweg am alten Bahnhof Niederfischbach vorbei. Züge fuhren hier schon lange nicht mehr, aber für Eisenbahnliebhaber wurde dieser Ort erhalten, und manchmal standen hier auch alte Waggons oder eine Lokomotive herum.
»Wahrscheinlich für vergreiste und senile Böcke«, fluchte Martin dann immer, wenn er an einem Sonntag Scharen von Rentnern und Familien mit kleinen Kindern am Bahnhof sah, die nichts Besseres zu tun hatten, als sich für eine Kaffeefahrt zu begeistern. Dann gab es dort heiße Würstchen, Kuchen und viele bunte Luftballons.
Heute standen der Lokschuppen und das alte Bahnhofsgebäude auf. Die Sonne schimmerte auf die alten Klinkersteine der Mauern.
Über dem verkommenen Bahnsteig und dem davor-liegenden Gleis, welches mit blühenden Gräsern bewachsen war, tanzten kleine Insekten in der Luft herum.
Der Geruch von Löwenzahn und Kräutergewächsen lag in der Sommerluft.

Das Bild hatte einen Hang von Einsamkeit, es hatte einen Hang von Tod und Vergänglichkeit.

Martin liebte das. Er liebte alte Bahnhöfe, er liebte alte Schienen, die allein in die totale Einsamkeit führten. Warum, wusste er nicht. Das Licht der Sonne wurde durch das Blattwerk der Bäume auf der gegenüberliegenden Gleisseite gedimmt. Martin setzte sich auf einen alten, flachen Güterwaggon, der früher einmal Holzstämme transportiert hatte, und zündete sich eine Zigarette an. Eigentlich brüllte sein Blut nach Hasch, aber in der Öffentlichkeit war es ihm nicht geheuer. Bei den ganzen Inzuchtaffen in den Ortschaften der Gegend kannte seiner Meinung nach eh jeder jeden; einer war immer der Onkel des Bruders...und so weiter, und da würde sich Drogenkonsum wie ein Lauffeuer herumsprechen.

Eine Zeitlang beobachteten seine Augen die alte Bahnhofshalle. Scheinbar hielt sich außer ihm gerade keine Menschenseele hier auf. In der Nähe gab es einen angrenzenden Spielplatz, und Martin hörte kleine Kinder kreischen und toben. Er hasste Kindergeschrei und mochte diese kleinen Nervensägen auf den Tod nicht.

Der Bahnhof war alt und modrig, doch auch das zog ihn irgendwie an. Vielleicht konnte man kurz einen Blick in die alten verlassenen Gemäuer werfen, dachte Martin sich. Außer ihm war doch keiner da.

An den Wänden hingen unzählige Bilder, Karikaturen, alte Zeichnungen und verblichene Fotos. Es roch alt, wie nach faulem Laub und Erde. Dieser Ort konnte

Geschichten erzählen und war voller Erinnerungen. Mächtige Dampflokomotiven, die schon fünfzig Jahre außer Betrieb waren, hatten hier ihr Denkmal in Miniaturmodellen bekommen, und eine ewige Ruhestätte.

Eine Fahrkarte der deutschen Reichsbahn vom Mai 1944 hing hinter einem Glasrahmen gut erhalten an der Wand. Es war ein Ticket für die 3.Klasse, die man heutzutage gar nicht mehr kennt, und in der Mitte thronte der Stempel des Reichsadlers mit Hakenkreuz. Ausgestellt worden war die Fahrkarte auf eine Adelheit Müller. Sein Blick wanderte weiter zu einer Draisine, die Martin bisher noch nie gesehen hatte. Scheinbar wurde dieses Ding, welches aussah wie ein hässliches altes Auto, damals zur Streckenkontrolle eingesetzt. Zu Martins Glück standen immer ein paar kurze Stichpunkte unter dem jeweiligen Bild.

Das nächste Bild war vom Oktober 1995, und zeigte die letzte Fahrt auf deutschen Schienen eines Schienenbusses der „Hellertalbahn", welche von Neunkirchen nach Betzdorf führte. Was für eine Ehre für unser geliebtes Heimatland, dachte sich Martin spöttisch, und grinste blöd drein.

Besonders amüsant fand er auch die mit der Hand gemalten Verlaufspläne, oder Karikaturen von alten Bahnhöfen, die es nun nicht mehr gab. Mit viel Fantasie hätten diese Zeichnungen auch aus Märchenbüchern entspringen können. Vielleicht hatten Tolkien, C. S. Lewis und all´ die anderen ja erst einmal Verlaufspläne der Bahn angeschaut, bevor sie ihre Landkarten von *Mittelerde* oder *Narnia* erschufen.

Vor ihm erstreckte sich nun eine ganze Sammlung von Modelllokomotiven, die alle originalgetreu nachgebildet wurden. Dort stand eine Dampflok von Henschel & Sohn aus Kassel, aus dem Jahre 1888; daneben weilte eine O & K Werkslok der Grevenbrücker Kalkwerke; weiter rechts fand er eine Reichsbahnlok der Baureihe 74773 aus den 30er Jahren. Schmuckstück war aber zweifelsfrei, allein wegen ihrem erhöhten Stand auf einem kleinen Podest, eine preußische G 8 mit der Nummer 4997.

Alle diese Namen und Bezeichnungen sagten Martin rein gar nichts, und Technik interessierte ihn nicht. Er hasste Technik.

Und Martin hasste auch diese ganzen jugendlichen Automobilschrauber in seiner Nachbarschaft, diese blöden, minderbemittelten Kerle, die das ganze Wochenende mit Öl in den Haare unter ihrer Kiste lagen, und schraubten, bis die Dämmerung einbrach. Er hatte sich schon immer gefragt, was man eigentlich jedes Wochenende wieder neu an einem Auto herum schrauben kann. Wenn es einmal fuhr, dann war es doch gut, oder?!

Was Martin wirklich faszinierte, waren die Fotos der Personen an den Wänden. Der Gedanke, dass diese Menschen, einst so jung wie er, nun nur noch totes Fleisch waren, schon verwest bis auf die Knochen, erfreute ihn. Genau das war es; überall an der Wand hingen Geister und Zombies und blickten leer und ohne Ausdruck von diesen schwarz-weißen Kunstwerken auf ihn herunter.

Er sah ein Bild von Lokomotivführern um 1900 herum an. Dort saßen alte Männer mit grauen Bärten, zumindest schien es auf dem Schwarzweißbild so, und sie trugen ihre Galauniformen auf. Martin fragte sich, ob von ihnen noch ihre Knochen übrig wären, irgendwo tief unten in den Gräbern des Westerwaldes.

Auf dem nächsten Bild sah er junge Zugbegleiterinnen in einer Dienstuniform, die eher wie ein alter Kartoffelsack ausschaute. Die Gesichter der jungen Mädchen waren ausdruckslos und irgendwie leer. Kein Lächeln, keine Regung, keine Emotionen. Vielleicht waren sie schon gestorben, aber noch nicht umgefallen, gluckste es in seinem Kopf.

Und diese unzähligen Panoramafotos von Männern, die vor einer Dampflok zu einem Gruppenfoto aufgereiht waren. Dies war scheinbar das Lieblingsmotiv von damals gewesen. Mal waren es Arbeiter, mal Lokführer, mal die Schaffner und manchmal auch einfache Angestellte in ihrer Mittagspause. Die meisten trugen diese komischen Schlapphüte, wo man schon den Geruch von Motten und Moder zu riechen schien. Mal hatten die Männer Schaufeln oder Spitzhacken in der Hand, und mal waren ihre Gesichter schwarz von dem Ruß des Dampfes, oder von dem Staub der Kohle. Diese Bilder wirkten alt, und die Personen darauf, als hätten sie nicht viel zu erzählen gehabt. Ihr Leben wirkte grau und eintönig. Es waren früher einmal Menschen gewesen, sie hatten geatmet, geraucht, gegessen und geschlafen, oder nicht? Doch nun waren sie totes Fleisch, nur noch Gebeine. Besonders schlimm fand Martin die Tatsache, dass sie nicht einmal ein

Millimeter auf dem Maßband der Geschichte waren. Welche Rolle hatte ihr Leben den schon gehabt? Sie lebten in kleinen Käffern, arbeiteten hart und starben. Tag für Tag gruben sie im Dreck oder an irgendwelchen Gleisanlagen herum, bevor der Tag ohne Sonne in den alten Häusern der Dörfer endete; in dunklen, kleinen Zimmer. Und sonst?

In diesem Moment schoss Martin ein dunkler Gedanke durch den Kopf. Er lebte auch in einer kleinen Welt, in derselben Welt wie diese Männer, deren Gesichter auf dem Bild so hell wie polierte Knochen waren. Hatte er dasselbe Leben in einer Gegend voller einsamer Gegenden, Hinterwäldlern und kleinen Dörfern? Nein, auf keinen Fall!

Sein Gewissen beruhigte ihn sofort. Martin hatte im Gegensatz zu diesen Menschen schon ganz andere Welten betreten, hatte völlig neue Bewusstseinsebenen erreicht. Wenn man kifft, dann wird man wirklich frei, denn diese Welt ist ein Kerker, hörte er sich selber in seinem Kopf sagen. Das Gras befreit erst aus der Enge der eigenen, immer fortwährenden Gedanken, die wie ein böser Bluthochdruck gegen die Wände des Kopfes pulsieren.

Martin trat noch einmal an ein Bild heran. Es zeigte Bauarbeiter vor einer alten Holzhütte, im Hintergrund war ein Tal mit Schienen zusehen, daneben etwas schwer erkennbares, vielleicht eine Kohle- oder Erzgrube. Dieses Bild hatte etwas Unheimliches, und Martin glaubte, es schon irgendwo einmal gesehen zu haben. Die Gesichter darauf blickten ihn an, irgendwie hilfesuchend, als wollten sie ihm etwas mitteilen oder ihn warnen. Die Männer wirkten wie Sklaven, ja genau das war es, ihre Gesichter schauten aus wie die von schwarzen Afrikanern zurzeit der Verfolgung in den Südstaaten durch die Weißen.

Martin rieb sich die Augen und stieß den Zigarettenqualm durch die Nase aus. Hatten die Männer bei der ersten Betrachtung nicht anders ausgeschaut. Waren ihre Gesichter nicht ausdruckslos gewesen, einfach tot, und so weiß wie der Vollmond in der Nacht? Oder hatte er sich im Bild geirrt? Nein, das konnte nicht sein, es war immer noch dasselbe Bild. Ihre Gesichter waren nun lebendig, aber etwas Böses lag in ihnen.

Martin blickte auf seine Zigarette, und dachte für den Bruchteil einer Sekunde daran, vielleicht doch weniger zu kiffen. Aber nur für den allerkleinsten Bruchteil. Es gab keinen Zweifel, dieses Bild hatte sich verändert. Im Hintergrund war nun noch eine Person erschienen, die eben doch noch nicht da gewesen war. Ganz weit hinten auf dem Hügel; eine Person, deren Gesicht man nicht erkennen konnte, eine Person ganz in schwarz.

Martin rieb sich die Augen, um wirklich sicherzugehen und fokussierte dann das Bild solange, bis der Liedschlag einsetzte.

Er tat es einmal, zweimal, dreimal...

Blinzel.

Er fuhr hoch, sein Herz begann zu rasen, drohte sich zu überschlagen, Adrenalin kochte durch jede Faser seines Körpers. Der Bauarbeiter in der Mitte hatte ihn angeblinzelt, Martin war sich ganz sicher.

»Du Trottel, ein Bild kann nicht blinzeln«, sagte er sich selber und richtete alle Konzentration noch einmal auf das Foto.

Und es passierte nochmal, zudem hatte der Mann ein seltsames Grinsen aufgelegt. Ein Schrei hallte aus Martins offenem Mund. Etwas prasselte im selben Moment aufs Dach des Bahnhofsgebäudes.

Lauf! Lauf so schnell du nur kannst, sagte sein Kopf. Martins Angststarre löste sich und er rannte mit angsterfülltem Gesicht an nach draußen. Wie ein Wahnsinniger hüpfte er auf sein Fahrrad, und radelte im Rekordtempo zurück nach Wehbach.

Das trockene Papierplättchen wurde langsam ganz weich auf der Zunge und zerging wie ein Sahnebonbon im zunehmenden Speichelfluss. LSD! Diese drei Buchstaben hatten ihn schon so lange gereizt, mehr als alle anderen Drogen, denn dieses Zeug konnten einem die ultimative Achterbahnfahrt zwischen Himmel und Hölle bescheren.

Nun war der große Moment gekommen; sein Traum wurde gerade Wirklichkeit.

Doch es passierte rein gar nichts, absolut nichts. Dieser Müll schien einfach zu alt zu sein, Sven hätte es längst selber genommen, wenn es noch etwas getaugt hätte, dachte sein Verstand. Also blieb ihm nichts weiter übrig, als einen Joint hinterher zu rauchen.

Als der Nebel in seine Gehirnwindungen zog, als das Hasch seine beruhigende Wirkung entfaltete, waren die dunklen Gedanken von gerade wie weggeblasen. Martin entspannte sich auf der Couch und schaltete die

Musik von *Metallica* ein. Plötzlich fiel ihm auf, dass er sich noch immer nicht diese orientalischen Chips gekauft hatte, und das es bis Elkenroth auch mit dem Auto gut und gerne fünfundzwanzig Minuten waren. Sein Vater war schon von der Arbeit gekommen, der Mercedes stand wahrscheinlich wieder vollgetankt und frisch poliert in der Garage.

Der alte Spießer prozessierte diesen Brauch jeden Freitag, immer und immer wieder.

»Alter Spießer«, fiel Martin dazu nur ein.

Aber er brauchte den Wagen jetzt, und so wie seine Kleidung gerade roch, nach Qualm mit einer kräftigen THC-Note, würde sein Vater sofort wissen, was Sache war. Martin wartete den günstigen Moment ab, wo sein alter Herr auf der Terrasse in der Sonne einschlief und seine Mutter weiter auf Knien den Garten umgrub wie eine Verrückte.

Martin fuhr mit dem Mercedes von Wehbach los. Schnell erreichte er Kirchen und Betzdorf, wo sich im recht neuen Tunnelsystem der Kleinstadt etwas Verkehr staute. Seltsam, den es war mittlerweile 20:30 Uhr, und um diese Zeit herrschte normal kein Feierabendverkehr. Er kam zu der Biegung Wissen/Daaden oder Hachenburg, und setzte den Blinker rechts. Der weitere Weg führte durch das alte Wohngebiet Betzdorf bis ganz auf den Hügel hinauf. Der Mercedes ordnete sich auf der Überholspur den Berg hinauf ein, um die langsamen LKWs hinter sich zu lassen. Hier konnte man schon ganz gut Gas geben, überhaupt war die L 288 für Hochgeschwindigkeitsfahrten bestens geeignet.

Die einsamen Lichter und Kreuze, die hin und wieder die Autofahrer erschauern ließen, waren Beweis genug, dass man sich auf dieser Route im wahrsten Sinne des Wortes schnell ins Jenseits fahren konnte.

Dreihundert Meter hinter dem Ortsausgangsschild thronte auf der linken Seite das riesige Umspannwerk. Die Sonne tauchte es in ein morbides Licht, und es wäre ein schönes Motiv für einen Kalender von RWE oder EON gewesen. Bei diesem Netz aus Strommasten und Kabeln musste Martin immer an seinen besten Freund denken. Beide waren sie fünfzehn gewesen, beide hatten sie ihr erstes Mofa und wollten damals zu einer Weltreise nach Hachenburg aufbrechen. Ein junger Fahrer mit seinem tiefer gelegten VW Polo hatte Martins Freund übersehen und ihn mit siebzig km/h regelrecht über den Haufen gefahren. Schon lange vor Eintreffen des Notarztes war sein bester Freund verstorben.

Damals war es Herbstanfang gewesen und die goldene Septembersonne schien genau wie heute, so morbide und romantisch, und das ließ Martin zusammenzucken.

Er versuchte die Gedanken abzuschütteln und fuhr gemächlich mit 90 km/h auf der Landstraße. Dabei konnte man in aller Ruhe die Landschaft hin und wieder aus dem Augenwinkel betrachten. Rechts, leicht unter der Höhe der Fahrbahn gelegen, erstreckte sich ein großes Kornfeld. War es schon immer da gewesen? Martin war sich nicht sicher, vor allem die groteske Farbe ließ ihn stutzig werden. Es war Juni, doch das Getreide war so golden wie kurz vor der Ernte, und noch etwas anderes war seltsam.

In der Mitte des Feldes war eine riesige runde Fläche einfach platt gedrückt; nicht gemäht, einfach platt gedrückt, als wäre eine riesige Untertasse darauf gelandet.

»Wow, ein echter Kornfeldkreis!«, flüsterte Martin in sich hinein.

Er kannte so etwas nur aus den Nachrichten oder aus *Signs* mit Mel Gibson. Aber tatsächlich, seine Augen täuschten sich nicht. Da war wirklich ein Kornfeldkreis mit einem Durchmesser von mindestens dreißig Metern. Martin blickte in den Rückspiegel, und als er erkannte, dass er allein auf weiter Flur war, ließ er den Wagen in einer der Rettungsbuchten ausrollen.

Dieses Schauspiel musste man einfach aus der Nähe betrachten. Er kletterte über die Leitplanke hinweg und zündete sich eine Marlboro an. Sein Gras hatte er vorsichtshalber zu Hause gelassen, denn auch in dieser einsamen Gegend kontrollierte einen hin und wieder die Polizei.

Seine Hände berührten die niedergedrückten Halme am Boden. Kein einziger war abgerissen oder abge-schnitten; es war seltsam. Sein Weg führte ihn genau in die Mitte des Kreises, und seine Augen blickten sich einmal komplett um. Überall waren die umliegenden Ähren unversehrt, und bogen sich im Wind. Wer konnte das gemacht haben? Ein Traktor oder ein anderes Fahrzeug hätte beim Eintritt irgendwelche Spuren hinterlassen, doch es gab nichts dergleichen. Für einen Augenblick wollte Martin die Stille und die Einsamkeit genießen und in Ruhe die Marlboro zu Ende rauchen.

Doch ein Rascheln in den Ähren ließ ihn aufhorchen.

»Ist nur der Wind«, sagte er sich selber.

Allerdings wechselte das Geräusch ständig die Örtlichkeit. Es bewegte sich schnell, äußerst schnell im Gras hin und her.

»Da ist nichts, Martin, das bildest du dir alles nur ein. Vielleicht solltest du wirklich weniger kiffen«, fröstelte es ihn.

Etwas Schwarzes streckte den Kopf aus den intakten Halmen und schaute in den Kreis, insbesondere auf ihn.

Es war nur ein Hund, beruhigte sich sein Gemüt. Doch es war ein sehr großer schwarzer Hund, dort, zwanzig Meter vor ihm und langsam auf ihn zukommend. Und es war kein normaler Hund, er war größer, anders, und böse. Zwei feuerrote Augen, so rot wie glühende Kohlen, schauten ihn an wie eine frische Beute.

So sieht kein normaler Hund aus, so sieht auch kein Wolf aus, sagte ihm sein Verstand. Lauf, Martin, lauf, ergänzte sein Unterbewusstsein.

Das Vieh begann seinen Mund zu öffnen und die Zähne zu fletschen. Sein räudiges Fell stand hinten im Nacken hoch. Der Hund bewegte sich vorwärts auf ihn zu; Martin glaubte plötzlich die wahre Herkunft des Hundes zu erkennen. Es war einer dieser schwarzen Höllenhunde, auf denen Hexen immer reiten.

Der Junge macht kehrt und rannte so schnell wie er nur konnte. Sein Sportlehrer hätte bei dieser Bestzeit Luftsprünge gemacht, doch Martin stand die Todesangst im Nacken. Der Höllenhund war hinter ihm her, er kam näher und näher.

Als Martins Augen die Leitplanke erblickten, und er beim herüberspringen das kalte Metall mit den Fingern berührte, empfand er fast so etwas wie Dankbarkeit. Doch ein lautes Fauchen ließen die kurze Hoffnung schneller schwinden als sie gekommen war.

Da steht der Mercedes, er ist nicht abgeschlossen, also sparst du kostbare Zeit, hörte er es aus seinem Kopf pochen. Es war wie der Zieleinlauf bei Olympia (wo jede Hundertstelsekunde zählt), er stürzte nur noch mit dem Oberkörper nach vorn in Richtung Wagen.

Endlich, die Türklinke. Martin riss die Tür auf und sprang hinein, als er aufschreien musste, und einen Schmerz verspürte, der sich wie eine brennende Fackel an der Wade anfühlte. Das Monster hatte ihn, und riss an seinem Bein. Es roch nach verschmortem Fleisch, seine Jeans qualmte.

»Verschwinde, du Monster« brüllte er, seine Augen vor Angst und Schmerz mit Tränen gefüllt. Doch das Vieh ließ ihn nicht los.

Auf dem Beifahrersitz lag der neue Plastikaufsatz für die Sprühvorrichtung eines Gartenschlauches herum. Wie einstudiert ergriff Martins Hand dieses Teil, und er schlug damit in Richtung dieses Höllenhundes so feste er nur konnte. Er wusste nicht mehr wie oft er das tat, aber sein Arm wurde schon lahm. Und dann...für einen kurzen Moment ließ der brennende Schmerz nach. Das war die Chance. Blitzschnell zog er das Bein hinein, knallte die Tür zu und drückte auf die automatische Verriegelung. War er in Sicherheit?

Für einen Augenblick ließ die Anspannung nach, und er begann fürchterlich zu heulen. Sein Kopf verschränkte sich in seinen Armen, und die Augen kniffen sich so fest zusammen, als wollte er sie nie wieder öffnen. Dann folgte Stille. War der schwarze Hund weg? Martin wollte es nicht testen, also steckte er den Schlüssel ins Schloss, und als die Straße frei wurde, donnerte er mit durchdrehenden Reifen auf den Asphalt. Er blickte in den Rückspiegel, doch da war kein Hund zu sehen, da war einfach gar nichts mehr. Nur die Sonne ging langsam golden am Horizont unter.

Das ist alles nicht passiert, das hast du alles nur geträumt, spukte es in seinem Kopf umher. Aber wieso brannte seine Wade so fürchterlich? Als Kind hatte er sich einmal die Handfläche auf der heißen Herdplatte verbrannt, doch dieser Schmerz war tausendmal schlimmer. Auf einem geraden Stück der Straße ließ er das Lenkrad etwas lockerer und krempelte sich das Hosenbein hoch. Seltsamerweise war an der Jeans nicht das Geringste zu sehen, aber auf der Haut erkannte Martin sehr gut den roten Fleck, der wie gerilltes Fleisch roch. Was war das bloß für ein Monster gewesen? Drogen hin oder her, es war real, es war sichtbar, der Schmerz pochte in seinem Bein.
Was sollte er jetzt bloß tun? Glauben würde ihm die Geschichte sowieso keiner, schon gar nicht seine Eltern. Auch im Krankenhaus würden die Schwestern ihn gewiss blöd angucken, wenn er erzählen müsste, warum ein Höllenhund keine Bissspuren an der Hose hinterlässt. Nein, diese Schmach würde er sich nicht geben. Also fuhr der Mercedes einsam seinen Weg weiter in den Abend hinein.

Ein lautes krähen und kreischen von Vögeln ließ ihn durch die Windschutzscheibe nach oben blicken. Dort kreiste alles am Himmel, was schwarz war und Federn hatte. Krähen, Raben und Elstern.

In der untergehenden Sonne wirkte es wie aus einem Alfred Hitchcock-Roman. Martin verfolgte mit den Augen einen Schwarm der Vögel, die das Dach einer alten Scheune anvisierten. Scheinbar war dies ein Sammelpunkt, und seine Augen waren plötzlich auf die alte Holzruine gebannt, wie ein kleines Kind auf den Weihnachtsbaum starren muss.

Etwas blendete ihn in den Augen. Irgendwo reflektierte sich das letzte Sonnenlicht. Martin suchte nach der Quelle, und es kam von derselben Straßenseite, auf welcher die alte Scheune stand. Ein Mann, mit dem Rücken zu ihm gewandt, stand dort am Straßenrand, in seiner Hand irgendein Werkzeug. Er trug komplett schwarze Kleider, es sah fast wie ein Gewand aus.

»Eine Sense...oh mein Gott«, erschreckte sich Martin, als das Licht erneut auf dem silbernen Metall reflektierte. »Es ist eine Sense!«

Und als wäre der Gedanke nicht schlimm genug gewesen, drehte sich das Etwas genau in diesem Augenblick um. Ganz langsam (die Angst zerreißt einem jedes Organ, wenn sich etwas Grauenhaftes so langsam umdreht. Man weiß, dass der Anblick zu grausam ist, doch man muss hingucken, auch wenn es den Tod bedeutet). Martin konnte seine Augen nicht mehr auf die Fahrbahn richten, nein, er musste die Vorderseite einfach sehen; es war wie ein nicht zu erklärender Zwang.

Doch seine Erwartungen wurden nicht erfüllt. Im Film erschien doch an diesem Punkt immer ein Gesicht, welches so grausam oder bleich war, das es einem für Tage den Schlaf versaute. Doch hier war das nicht der Fall.

Dieses Etwas hatte kein Gesicht. Es schien, dass unter dem Gewand einfach nur Luft wäre, sonst rein gar nichts.

Martin blickte dennoch wie gebannt auf die Straßenseite. Alles spielte sich in Bruchteilen von Sekunden ab, doch ihm kam der ganze Vorgang wie in Zeitlupe vor. Es dauerte eine gefühlte Ewigkeit.

Das Etwas hob seinen rechten Arm, und eine schwarze Hand bewegte sich zum Hals. Dann streckten sich von der Hand so etwas wie Finger empor, und glitten angelegt an das Gewand von der rechten auf die linke Seite der Kehle hinüber.

Diese Geste kannte Martin. Sie bedeutete wahrlich nichts Gutes! Jemand wollte ihm ans Leben.

Sein Atem wurde schneller, ihm brach der kalte Schweiß aus; und aus Angst und Faszination gleichzeitig wäre er wie ein Todestrunkener einfach weitergefahren. Wenn nicht plötzlich ein entgegenkommender Lastwagenfahrer wild hupend und mit aufleuchtenden Frontscheinwerfern den Komaschlaf beendet hätte. Martin riss das Steuer noch rechtzeitig herum, und um ein Haar hätte der linke Außenspiegel vom Mercedes seines Vaters dran glauben müssen.

Glück gehabt! Doch nun kamen die Nachwirkungen des Adrenalinschocks.

Seine Knie begannen zu zittern wie bei einer Fieberattacke, Martins Brust fing an zu schmerzen; so groß war der Schock. Reiß dich zusammen, verdammt, reiß dich zusammen, sagte ihm sein Unterbewusstsein, doch es fiel ihm immer schwerer. Was passierte nur in der Welt um ihn herum?

Erst das Bild, welches sich bewegt hatte. Dann der Kornfeldkreis, dieser Höllenhund und nun der Sensenmann am Straßenrand. Was für ein Spiel war das, und wieso musste er daran teilnehmen?

Natürlich hatte der Supermarkt schon zu, die Sonne war fast vollständig untergegangen, als der Mercedes Elkenroth schließlich erreichte.

»So ein verdammter Mist, so ein verfluchter Mist!«, meckerte Martin.

Doch was hatte er um diese Uhrzeit denn erwartet? Das man nur auf ihn wartet, damit er seine kostbaren Chips kaufen kann? Im Grunde ist es meine Schuld, gestand sich sein Gewissen ein.

Doch die Angst, die Martin umgab und ihn aufzufressen schien, wuchs mit jeder Sekunde. Er glaubte wahrlich nicht an Kobolde und Gespenster, doch jetzt war er sich auch da nicht mehr so sicher.

Fahr einfach nach Hause, schlaf eine Nacht drüber, und morgen sieht die Welt wieder ganz anders aus, sagte ihm sein Verstand. Doch sein Herz klopfte beunruhigt, und irgendwie war sich Martin nun nicht mehr sicher, ob er sein Zuhause jemals wiedersehen würde. Mit zitternden Fingern glitt der Schlüssel ins Zündschloss, und der Motor brummte mit einer wohligen Vertrautheit auf. Nur zurück nach Wehbach, einfach in diese beschauliche kleine Welt zurück. Dazwischen lag nur die L 288...und ein Stück Wald. Nicht der Westerwald, denn offiziell gehörte dieses Gebiet zum Landkreis Altenkirchen. Aber an diesem Abend war es egal, was auf Straßenschildern stand.

Im Radio wurde gerade ein neuer Song des Moderators angekündigt, wobei er eigentlich schon so verstaubt war wie ein alter Sargnagel, und Martin hatte vorher nie von ihm gehört.
Und nun, liebe RPR 1 – Hörer, ein Hit unserer alten Freunde Pink Floyd, mit ihrem Song „Is there anybody out there?"...
Martin durchfuhr es bei dem Titel wie einen Schiffs- kranken beim Wellengang. Das passte, irgendwie passte das alles ins Bild. Er wollte den Sender wechseln, doch auf jeder Frequenz, auf jeder Nummer lief dieses komische Lied.
Martin blickte nach unten, und fummelte am Radio herum. Doch geistesgegenwärtig sagte ihm sein Kopf, dass ihn das letzte Blicken zum Straßenrand fast das Leben gekostet hatte.
Junge, guck nach vorne, hörte er die Stimme seines Vaters im Kopf, also blickte er nach vorne. Das war ein Fehler!
Etwas war da auf der Straße, etwas Pechschwarzes, schwärzer als die Nacht. Ein Schatten, eine Kreatur, ein Geist? Und es kam näher, fünfzig Meter, vierzig, dreißig, zwanzig...

»Verschwinde, was du auch immer bist«, kam aus Martins Mund herausgeschossen.

Doch es verschwand nicht, und plötzlich leuchteten zwei feuerrote Augen auf, noch böser als die des Höllenhundes. Das Licht der Augen zeichnete schwarze Umrisse dieser Kreatur. Martin riss in Panik das Lenkrad herum, und das Heck brach bei 80 km/h so heftig aus, dass der Mercedes die Spur nicht mehr halten konnte.

Es gab einen lauten Schlag, als die Front zuerst in die Leitplanke knallte, und der ganze Wagen anschließend einen Satz darüber machte. Der dahinter liegende Weidezaun wurde durch die Karre komplett abrasiert, Holzbretter flogen hoch in den Nachthimmel. Als der Wagen auf dem Dach zum Liegen kam, indem er von einem Erdhügel nach vierzig Metern Rutschpartie unsanft gebremst wurde, gingen sofort alle Lichter aus. Der Motor verreckte, nichts ging mehr. Nur ein Hinterrad rollte und rollte, wie ein einsames Zahn-rädchen, was man vergessen hatte auszustellen. Stille erfüllte die beginnende Nacht in dieser einsamen Gegend.

»Oh Gott...oh mein Gott«, ächzte Martin wie eine sterbende Kuh, als er sich aus dem Wagen herausschälte.

Über seine Stirn lief Blut, doch es handelte sich nur um eine Schürfwunde, keinen tiefen Schnitt. Der Rest seines Körpers war unverletzt, doch schmerzten seine Muskeln nach diesem Crash wie vor dem Beginn einer heftigen Grippe.

Hilfe, du brauchst ärztliche Hilfe, flüsterte ihm sein Kopf zu. Doch wo sollte er die bloß her holen? Auch sein Handy machte keinen Mucks mehr, nachdem es durch den Unfall an der Fahrertür zerquetscht worden war. Was nun?

In der Ferne erblickte Martin einen Schuppen, oder vielleicht war es auch ein altes Haus. Vielleicht schlief dort ein alter Bauer, der schon mal etwas von einem Telefon gehört hatte. Mit schmerzenden Knöcheln begann Martin sich voran zu kämpfen.

Und dann passierte etwas, das kein Mensch erwarten würde. Er spürte es auf der Stirn direkt am Haaransatz; es war klein, es war kalt...es war eine Schneeflocke im Juni. Sein Kopf und seine Augen richteten sich in den Himmel, und ihm flogen Millionen kleiner Schnee-flocken entgegen.

»Das...das kann doch alles nicht wahr sein«, lachte er, aber mit einer verzweifelten, fast krankhaften Lache.

Es polterte wieder. Über ihm kreiste etwas in der Luft. Und vor ihm, wie aus dem Nichts heraus, drückten sich Hufabdrücke in den mittlerweile knöchelhohen Schnee.

In seinem Kopf lief nun alles durcheinander, schwarze Punkte flimmerten auf der Netzhaut umher, und Martin hatte das Gefühl von der Ohnmacht übermannt zu werden. Schon wieder erblickten seine Augen einen neuen Abdruck, und noch einen...und noch einen. Wie ein willenloser Zombie folgten seine Füße blind dieser Fährte, immer und immer weiter. Er merkte gar nicht, dass diese Spur ihn weit weg von seinem eigentlichen Ziel führte. Die Hütte verschwand östlich immer mehr in der Dunkelheit der Nacht. Stattdessen führten diese

Hufspuren in den dunklen Wald hinein, zwischen mächtige Kiefern und Tannen. Hier war es noch dunkler, denn das Licht des knochenfarbenen Mondes schien nicht durch die dichten Nadelspitzen.

Martin vernahm ein Donnern, ein Grollen, und das überall. Es war vor ihm, es war hinter ihm, und es war auch über ihm.

»Wer zu Hölle bist du?«, kreischte er panisch, wie ein kleines hysterisches Mädchen.

Die Jungfrau Maria starrte ihn an. Ganz plötzlich war sie ihm erschienen, unter einem kleinen Dach, in einem kleinen Haus, welche in diesen Wäldern oft zu finden waren. Martin kannte diese kleinen Kapellen, oder was auch immer sie darstellen sollten. Vielleicht Wallfahrts-orte oder Gebetsstätten, doch eigentlich war es ihm auch im Moment relativ egal. Vielmehr ängstigen den Jungen diese Hufabdrücke, die sogar auf dem Dach des kleinen Hüttchens waren.

Bilder spielten sich vor den Augen ab, Gedanken wurden zu schlimmen Alpträumen. Dichter Nebel zog auf. Und dann, dann sah er die Quelle allen Übels, den Verursacher der Hufabdrücke.

Er war klein, vierbeinig und furchtbar quirlig.

»Eine Waldmaus, einfach nur eine Waldmaus. Sie hat schon zu viel Irrglauben und Verwirrung geführt«, flüsterte eine warme Stimme rechtsseitig von ihm.

Martin schrie aus Reflex, und blickte erst dann nach rechts.

Dort stand ein fremder Junge im Nebel, den er nicht kannte, den er noch nie zuvor gesehen hatte. Scheinbar war der Fremde etwas jünger als er selbst, vielleicht so um die 16 Jahre, und er trug zerlumpte Kleidung aus den vorigen Jahrhunderten.

Sein Blick war etwas leer, doch keinesfalls bedrohlich.

»Wer zum Teufel noch mal bist du? Was machst du hier draußen in der Pampa? Und wieso...?«, konnte Martin gar nicht ausreden.

Der Fremde fiel ihm einfach ins Wort.

»Diese kleinen Waldmäuse stammen aus meiner Zeit, und von einer Zeit davor. Damals dachten die Menschen wirklich, dass der Teufel umherziehen würde um Unheil ankündigte. Die Abdrücke waren einfach überall...auf Dächern, an Häusermauern und auf dem Kirchturm. Doch es waren nur Mäuse. Es waren nur diese süßen, kleinen Tiere. Kleine Waldmäuse, Mäuse, Mäuse.«

Martin betrachtete ihn argwöhnisch. Der Junge sprach, als würde eine Schallplatte in seinem Kopf springen. Dieser Freak war surreal, doch glaubte ihm Martin die Geschichte aus der Vergangenheit nicht.

»Wer bist du?«

Der Fremde Junge richtete seine Augen auf die von Martin, und sein Blick klärte sich von einem verschwommenen Strom in ein scharfes Zielen.

»Ich bin du, oder auch nicht. Ich bin nur ein Spiegel, ein Spiegel, ein Spiegel...«

Wieder fing die Platte an zu springen.

»Hör auf mit dem Mist, du Kasper! Wer bist du...?«

Der Fremde schaute ihn plötzlich an, als hätte Martin alle 24 Türen des Adventkalenders in seinem Kopf geöffnet.

»Ja, ja...du hast Recht! Kasper. Das ist mein Name; Kasper Hauser. Doch ich weiß nicht, wie ich hierher gelangt bin. Ich bin wie du!«, sagte er mit einem nachdenklichen Unterton, der Martin das Mark in den Knochen gefrieren ließ.

Von einem Kasper Hauser hatte er schon mal gehört, irgendwann in der 7. Klasse, und schlagartig kamen die Erinnerungen zurück.

»Du bist nur eine Sage, Mann. Ein Junge, der keine Vergangenheit hatte, und der seiner Zukunft beraubt wurde. Willst du mich verarschen, der zu sein?!«

Wieder blickte der Junge im Nebel ihn verschwommen an; als würde er Martin nicht mehr richtig wahrnehmen.

»Martin, ich bin nur ein Spiegel.«

Seine Worte wurden hart, bestimmt und beängstigend.

»Martin, bald hast du dir deine Vergangenheit geraubt. Und wenn du so weiterlebst, wirst du keine Zukunft haben. Dann bleiben dir nichts als Tränen, große bittere Tränen, große rote Tränen!«, fauchte er plötzlich.

Martin sah, wie sich seine Gestalt im Nebel auflöste. Er ging wie ein Geist, und scheinbar war er auch wie einer gekommen.

Und was sollte das mit den Tränen? Wieso rote Tränen?

Martin blickte die Jungfrau Maria an, und nach den Ereignissen dieser Nacht rang er mit sich, ob sein Gebet vielleicht doch eine da oben hören würde. Einer, der ihm nun helfen konnte.

Das unschuldige Gesicht der Statue blickte ihn an und verformte sich zu einem traurigen Gesicht. Und dann, dann verstand Martin die Botschaft.

Dicke Blutstropfen fingen an, dem Porzellangesicht aus den Augen zu laufen. Es war unerklärlich, es war ungeheuerlich, und es war zu viel für Martin.

Er rannte los, er vergaß alle Schmerzen des Unfalls. Nur noch weg, verschwinden von diesem verhexten Ort, weg von dieser teuflischen Straße.

So schnell die Füße trugen, flitzte er Richtung L 288 zurück. Und zu seinem Glück näherten sich aus der Ferne, aus Hachenburg kommend, zwei helle, weiße Scheinwerfer. Das Licht wirkte wie eine Erlösung auf ihn. Es war weiß wie der Flügel der Engel, weiß wie die Taube des Friedens. Der Fahrer drosselte die Geschwindigkeit, als er den panisch umher wirbelnden Jungen sah. Dann leuchteten die Bremslichter auf, und die Beifahrertüre öffnete sich. Es war wie ein schöner Traum, die Erlösung in Form eines warmen Autos. Ein sicherer Schutz, der ihn nun heil nach Hause bringen würde.

»Danke, dass Sie mich mitgenommen haben!«

»Keine Ursache, mein Junge«, erklang die Stimme des Fremden Mannes, und sie klang warm, beschützend und vertrauenserweckend.

Martin warf einen Blick über das Armaturenbrett, denn es wirkte einfach anders. Die meisten gängigen Innen- ausstattungen kannte er; entweder weil er schon selber in solchen Autos gesessen hatte, oder aus irgendeiner Zeitschrift. Doch vor ihm erstreckte sich Neuland. Dieser rustikale Schalthebel, direkt neben dem Lenkrad, diese urzeitigen Anzeigentafeln; dass passte nicht in ein europäisches Fabrikat. Martin strich behutsam über das Armaturenbrett, als wolle er lästigen Staub beiseite schaffen.

»Gefällt er dir? Ist ein ganz besonderes Schätzchen, Junge«, fragte ihn der Mann mit seiner warmen und trockenen Stimme.

Martin musste unweigerlich an einen alten Texaner denken, der mit Zigarre und Whiskeyglas in der Hand in einer Country-Kneipe des amerikanischen Mittelwesten seine Lieder sang; so markant und trocken war diese Stimme. Fürchterlich männlich, hätte seine Mutter gesagt.

»Wo haben Sie den her? In Deutschland gib es sowas gewiss nicht, schon gar nicht in unserer trostlosen Gegend.«

Der Mann blickte zu ihm herüber. Im Mondschein konnte Martin seine Augen erkennen, und ein leichtes Lächeln auf dem Gesicht. Seine Mimik war markant und kontrolliert, und er musterte den Jungen lange, bevor er antwortete.

»Es ist ein Shelby. Gekauft habe ich ihn in den Staaten.«

Sein Zuhörer nickte; und strich noch einmal über die Armaturen vor ihnen, dieses Mal so sanft, als wolle er einen liebevollen Hund übers Fell streicheln.

»Hauptsache er bringt mich endlich sicher nach Hause. Ich bin ihnen wirklich unglaublich dankbar!«, flüsterte Martin.

Der Fahrer musterte ihn wieder von der Seite, ohne dass Martin dies bemerkte.

»Nach Hause? Aber warum denn, mein Junge? Sonst willst du doch in dieser Gegend nicht TOT über dem Zaunpfahl hängen«, gluckste es vom Steuer.

Er betonte das Wort tot so heftig, dass Martin vor Angst ein Tropfen Urin aus seinem besten Stück schoss, und es kostete ihn seine ganze Kraft, die Muskeln wieder zusammen zu drücken und die Beherrschung wiederzuerlangen. Wer war dieser Kerl am Steuer, wollte sein Verstand nun wissen.

Doch der Fremde am Steuer kam ihm zuvor.

»Wie heißt du, mein Junge?«, fragte er fast väterlich.

Doch Martin hatte plötzlich schreckliche Angst, seinen wahren Namen zu verraten. Vielleicht fuhr er gerade mit einem Gestörten oder gar einem Serienkiller; und dann im einsamen Westerwald. Betzdorf war noch fern, obwohl der Wagen mit seinen hundert Sachen unterwegs war.

»Ich heiße Tobias.«

»So?!«, fragte er ungläubig nach.

»Ja.«

»Und was treibst du den Tag über, Tobias? Was treibst du mitten in der Nacht auf dieser einsamen Land-straße?«

Martin überlegte, ob er diese seltsamen Ereignisse erwähnen sollte. Er packte sich ans Bein, dort brannte es noch immer wie Feuer, und das Fleisch sah aus wie ein angebratenes Steak. Doch würde der Fahrer ihm glauben, wenn er von einem Höllenhund, von Kasper Hauser oder einer blutweinenden Statue erzählen würde?

»Nun, ich wollte etwas besorgen, doch der Laden hatte schon zu. Und auf dem Rückweg habe ich etwas auf der Straße gesehen, bin ausgewichen, und habe Papas teuren Mercedes zerlegt. Jetzt habe ich ein riesen Problem.«

»Nein, mein Junge, das ist noch gar nichts gegen die Probleme, die du bald hast!«, zischte er.

Martin blickte zu ihm herüber, und sah im Mondlicht, wie sein Gesicht plötzlich härter und düsterer wurde. Die wohlwollende Stimme klang jetzt wie die einer giftigen Viper.

Aus Reflex griff Martin mit der rechten Hand zum Knopf der Beifahrertür, welcher geschlossen war. Ihm wurde gleichzeitig heiß und kalt.

»Bemüh dich nicht, Junge. Bei der Fahrt verriegelt die Karre immer automatisch«, lachte er, jetzt wieder so warm und beschützend wie zuvor.

»Interessieren dich Mythen und Sagen? Soll ich dir mal die Geschichte vom fliegenden Holländer erzählen, oder das wahre Geheimnis des Bermuda-Dreiecks? Hast du Interesse?«, blickten ihn zwei Augen an, die nun im schummrigen Licht des Mondes aussahen wie die eines hungrigen Wolfes.

»Ich...ich weiß nicht so recht? Haben sie schon mal von einer Statue gehört, die Blut weint?«, stotterte Martin unsicher herum.

Sein Gesicht machte einen überraschten Ausdruck.

»Vielleicht rauchst du zu viel Hasch und Marihuana, stimmt´s Martin?«, grinste er ihn an.

Martin fuhr zusammen, sein Körper zitterte, sein Herz sprang bei jedem Pochen die Kehle hoch. Mit angsterfüllten Augen wagte er einen Blick zu Seite.

Der Typ war am Grinsen. Es war ein hässliches, breites Grinsen; und zur größten Überraschung...wurden seine Zähne ganz langsam schwarz, als würden sie verfaulen.

»Ach Martin, du bist dumm, wirklich sehr dumm. Den ganzen Tag sitzt du vor irgendeiner Flimmerkiste, während draußen das Leben an dir vorbei läuft. Und du bekommst von den schönen Dingen nichts mit, weil dein Hirn ständig mit Heavy Metal und Drogen zugeballert wird.«

Der fremde Fahrer spielte mit der Hand an einem runden Knopf des Radios herum, und stellte einen Sender ein, auf welchem der Sprecher die nächste Show ankündigte.

Herzlich Willkommen...auf der L288...im Westerwald...die letzte Route für Drogenkranke...bis zum bitteren Ende...ha ha ha ha ha ha ha ha ha.

Das Gelächter war so grauenhaft böse, dass aus dem Radio kleine Funken schlugen.

Martin fuhr zusammen. Sein Körper wurde so klein wie ein Haufen Elend, denn so fühlte er sich nun. Über den Radiosprecher konnte er jedoch kein bisschen lachen. Eine Hand packte ihn schmerzhaft an der Schulter; irgendwie waren die Finger so spitz wie Nadeln.

Vor seinen Augen begannen die schwarzen Umrisse von Bäumen und die Landschaft zu verschwimmen. Ein heller Blitz durchzog seine Augen, und draußen war es auf einmal wieder sonnig, warm und furchtbar hell.

Ein kleiner Junge stand am Straßenrand und winkte dem Auto zu. Doch als Martin genauer hinschaute, zeigte die Geste des kleinen Mannes, dass er umkehren sollte. Der Wagen fuhr unvermittelt weiter. Doch schon kam der nächste Junge, etwa vierzehn Jahre, der genau dieselbe Geste machte und wild gestikulierend mit dem Arm herumfuchtelte. Martin beugte sich an die Scheibe; es war tatsächlich derselbe Junge, und sein rechter Arm war nackt. Lauter knallrote Einstichstellen einer Spritze säumten die Haut, und während der Wagen weiter fuhr, verlor der Junge am Straßenrand zusehends seine Gesichtsfarbe und wurde leichenblass.

Martins böse Vorahnung begann sich langsam zu verfestigen. Ein weiterer Junge stand am Straßenrand, und jetzt erkannte er sein eigenes Spiegelbild. Es kamen noch mehr Menschen dazu, kleine Kinder, Erwachsene und auch alte Leute. Ihre Gesichter waren leichenblass, blutunterlaufen und dem Tode geweiht. Sie alle schienen zu schreien, Martin zum Umkehren zu bewegen, doch er könnte sie nicht hören.

»Sehen sie das auch?«, fragte er mit zitternden Lippen.

Der Fahrer schaute ihn an, hob seine Hand, und haute sie Martin ohne Vorwarnung so feste auf die Augen, dass er für einen Moment nur noch schwarze Punkte sah. Als sein Blick wieder Formen annahm, war er plötzlich in einer anderen Welt, zu einer anderen Zeit.

Martin stand allein auf einer Straßen, inmitten von Menschen und Hochhäusern.

»Verschwinde, du Bettler, du verfluchter Abschaum«, pöbelte ihn ein wildfremder Mann an, den er zuvor noch nie gesehen hatte. Der Kerl trug einen teuren

Armani–Anzug, und verschwand mit seinem Akten-koffer in einem Haus, an welchem viele rote Laternen leuchteten. Martin schaute sich noch einmal um. Er sah ein Rotlichtviertel, und dahinter wahnsinnig hohe Wolkenkratzer der Commerzbank, der Deutschen Bahn und diverser anderer Wirtschaftsunternehmen.

»Frankfurt?! Wieso bin ich in Frankfurt?«

Seine Füße begannen plötzlich von alleine zu laufen, als wüssten sie den Weg. Er trottete vorwärts, argwöhnisch beobachtet von Touristen und anderen Leuten, angepöbelt von Prostituierten und Imbissbuden-besitzern. Vor einem hässlichen Haus stand eine Meute von Menschen; heruntergekommen, abgemagert und leichenblass. Sie sahen so krank aus, dass sich ein normaler Mensch ihnen nicht mehr als zehn Meter genähert hätte.

Eine der Personen sah Martin und lächelte. Dann kam er auf ihn zu und nieste ihm ohne Vorwarnung mitten ins Gesicht. Martin schrie.

»Sorry Kumpel...wird nicht weiter schaden«, sagte der Kerl, und Martin erkannte, dass der komische Kerl kaum noch einen Zahn besaß. Sein Gesicht war offen und blutverschmiert; gezeichnet von der Fixerkrätze.

»Du verfluchter Junkie, jetzt hab ich deine scheiß Hepatitis, verdammt noch mal«, jammerte Martin, denn er hatte jetzt wirklich fürchterliche Angst, sich angesteckt zu haben. Der verwahrloste Junkie lachte ihn aber nur dreckig aus.

»Ach Martin, wir teilen doch schon seit Jahren auch unser Spritzbesteck. Du weißt, dass wir beide HIV, Hepatitis und Herpes haben.«

Das traf ihn wie ein kalter Blitz in den Nacken.

»Nein...nein, das ist nicht wahr. Ich bin nicht krank! Hörst du?! Ich bin nicht krank!«

»Sie dir mal deine Arme an, Martin«

Und tatsächlich, als Martin seine Arme betrachtete, säumten unzählige Einstichstellen die nackte Haut. Überall waren entzündete und vernarbte Wunden in erschreckenden Farben.

»Nein, nein...«, schrie Martin los, und rannte in das Fixercafe hinein. Innen roch es furchtbar chemisch, die Wände waren steril gefliest und es gab einige Räume, wo verwahrloste Junkies sich gerade ihre Spritze setzten.

»Du kannst hier nicht einfach rein stürmen, Mann. Erst musst du mir zeigen, was du dabei hast zum Drücken, und dann bekommst du dein Spritzbesteck mit Ascorbinsäure«, maulte ihn ein Sozialarbeiter an.

Doch Martin interessierte das wenig und stieß ihn grob zur Seite. Dann rannte er weiter, immer weiter, bis seine Augen schließlich einen Spiegel erblickten.

»Nein, nein...oh mein Gott...neeeiiiiinnnnn....«

Es dauerte eine Ewigkeit, bis der Schrei verhallte. Sein Gesicht war so blass und abgemagert, dass sich Martin kaum wiedererkannte. Die Wangen und der Hals waren von Fixerkrätze gezeichnet. Er spürte, dass die Uhr des Lebens tickte, und die Zeit bald abgelaufen war.

»Das bist du selber schuld....schuld, schuld, schuld«, verhallte die Stimme langsam im Hintergrund, und Martin wurde langsam schwarz vor Augen, und das Armaturenbrett des Shelby flackerte vor seinen Pupillen.

»Ich sage doch nur die Wahrheit, nicht wahr?«, fauchte der Fahrer aus einer hohl klingenden Kehle. Die Laute rasselten heraus wie von einem heiseren Kranken.

Martin konnte nicht antworten, denn er blickte auf die Hand, die seine Schulter schmerzhaft in der Mangel hatte. Er wusste jetzt, warum die Finger sich so spitz anfühlten. Während die Beiden miteinander sprachen, oder Martin sein Schicksal über sich ergehen ließ, verfaulte die Hand des anderen langsam, und es kamen schon die ersten Knochen zum Vorschein.

»Hilfe, hilfe...lass mich hier raus, du Monster«, schrie er panisch und um sich schlagend.

Als Reaktion erhielt er nur ein böses Lachen, ein hämisches Lachen.

»Falsch Martin, ich bin kein Monster.«

»Wer bist du, was willst du?« schrie er, und sein Atem wurde schneller und senkte sich erst kurz vorm Hyperventilieren wieder.

»Die Sache ist folgende, Martin; mein Boss hat die Schnauze voll von Leuten wie dir. Auch Gott ist ziemlich sauer auf Kerle wie dich. Weißt du, er schenkt euch ein Leben, und was macht ihr daraus? Ihr bringt euch auf dem qualvollsten Weg selber um...durch Rauchen, Saufen, Drogen, Stress oder Arbeiten. Ich meine...hallo?! Wie blöd ist das denn? Wie blöd seid ihr?«

Martins Zähne schlugen so laut aufeinander, dass man schon fast die ersten Absplitterungen vermutete. Sein Mund war trocken wie Sand, er brachte keinen Ton mehr hervor, nur noch ein leises Wimmern.

»Ich weiß, was du fragen willst. Wer ich bin und wer mein Boss ist; das wollen sie nämlich alle wissen. Nun Martin, du hast meinen Chef heute schon gesehen; im Sonnenlicht hat er dir mit seiner Sense zugewunken. Ihr nennt ihn Tod!«

Der hässlich schrille Schrei ließ auch den mystischen Fahrer aufschrecken, denn so etwas hatte er noch nie von einem Sterblichen vernommen.

»Was für ein Ton, Martin. Grässlich! So schrill schreit kein Mädchen. Aber ich bin dir noch meine Herkunft schuldig. Ich bin tot, schon viele Jahre, und seitdem fahre ich diese verfluchten Straßen auf der ganzen Welt ab. Keine Ahnung warum. Ich war mal ein Junge wie du, der nichts hatte außer seinen Büchern, seiner Musik, und seinem tiefer gelegten Wagen. Und dann nahm ich Dinge, die mich glücklich machen sollten, mich von dem ganzen Chaos ablenken sollten. «

Er zeigte Martin seinen Arm, und plötzlich wurden ganz viele vernarbte Einstichstellen auf dem Fleisch sichtbar. Die ganzen Arterien waren zerstochen und kaputt vom Heroinkonsum.

»Diese Leute an der Straße, die du gesehen hast, sind alle tot. Sie haben den Kampf verloren...gegen die Drogen, doch du, du hast noch eine Chance. Doch wenn du es weiter zulässt, wirst du ebenso sterben wie sie. Du hast doch dein Spiegelbild an der Straße gesehen, oder?«

Martin nickte und sah das Gesicht des Fahrers, welches nun krank und traurig blickte.

»Ich wollte auch nicht mehr, weil ich mich vor der Welt verschlossen habe, weil ich Angst vor ihr hatte, so wie du. Aber das darfst du nicht zulassen, du hast jetzt noch die Chance, die ich nie mehr haben werde. Auch in tausend Jahren werde ich als Bote der Unterwelt noch in diesem alten Schlitten herumfahren, wie ein Gespenst aus Stephen Kings Büchern. Aber du, Martin, du hast die Chance es noch zu ändern. Hör auf zu kiffen, krieg endlich den Arsch hoch...und mach was aus deinem Leben! Sollte ich dich jemals wiedersehen, wird diese Autotür für immer geschlossen bleiben, kapiert? Dann wirst du einsam und allein sterben, und niemand wird sich einen Dreck um dich scheren...das Leben liegt in deinen Händen, und niemand hat gesagt, dass es einfach wird...

Damit du dein Leben nicht wegwirfst, wie es so viele machen...deshalb gibt es mich. Dafür kannst du Gott dankbar sein; er hat diese Show hier organisiert; um Leute noch auf den richtigen Weg zu bringen!«

Martin blickte ihn erstaunt an, und zum ersten Mal wich die Furcht etwas aus seinem Gesicht.

»Ich weiß, wovor du dich fürchtest, aber du musst dein Leben endgültig ändern! Du warst nicht immer so, stimmt´s Martin? Es ist die Geschichte von damals, und deinem verstorbenen Freund«

Martin nickte und Tränen füllten seine Augen.

»Du hast Angst, und dich machen erlebte Dinge von damals mit deinem Freund traurig, weil du an deren Ende immer nur Tod und Zerstörung siehst...wie in der alten Bahnhalle, nicht wahr? Du siehst meinen Boss überall. An jeder Ecke. Überall nur Tod und Vergäng-lichkeit.«

Martin nickte schuldig.

»Martin, schau nicht wehmütig auf das Vergangene, dass du es nicht mehr erleben kannst. Denn so wirst du älter werden und die Fotos von einst werden endgültig ausbleichen. Sei dankbar und froh für alles, was du erleben durftest! Schöne Erinnerungen sollen einem das Leben retten, nicht umbringen! Du musst stolz auf die Vergangenheit sein, du sollst mit lachenden Augen zurückblicken, nicht mit weinenden. Sicher ist es traurig, wenn schöne Dinge vergehen, aber wenn wir uns davon nicht lösen, können wir nichts Neues erleben, verstehst du?«

Martin nickte und begann nun fürchterlich zu heulen. Er fühlte sich so klar wie schon ewig nicht mehr. Er war gereinigt, er war geheilt, von jetzt auf gleich.

Der Wagen kam mit einem leichten Quietschen der Reifen zum Stehen. Martin blickte aus dem Fenster, und er lachte, denn sein Elternhaus in Wehbach war auf der anderen Seite der Scheibe. Er blickte den fremden Fahrer an, den Boten aus der Unterwelt.

»Ich muss mich bei dir bedanken. Wirklich!«

»Ich hoffe, wir sehen uns nicht wieder. Mach etwas aus dieser Begegnung, Martin. Hab nur den Mut!«, lächelte der Fahrer und im selben Moment schossen die Knöpfe hoch und entriegelten die Tür.

Martin öffnete sie, und bekam vom Fahrer ein wehmütiges Lächeln geschenkt. In seinen Augen lag Traurigkeit, denn auch in Zukunft würde er einsam über die Bundesstraßen, die Highways und alle einsamen Straßen dieser Welt fahren. Martin hatte von ihm eine Chance bekommen, die der Bote niemals hatte. Martin lächelte demütig zurück, und stieg aus dem Shelby aus.

Todmüde fiel Martin ins Bett, und erwachte am nächsten Morgen auf dem Boden seines Zimmers. Um ihn herum lagen Zigaretten, Gras und Alkohol.
Auch das zweite Plättchen mit LSD lag noch neben ihm. Für einen Moment durchzog ihn der Gedanke, dass die letzte Nacht vielleicht doch nur ein höllischer Trip gewesen war. Hatte es gewirkt? War das nur ein Traum gewesen? Doch wenn es nur in seinem Kopf gewesen war, warum brannte seine Wade so fürchterlich. Nein, das war kein Traum gewesen, es war zu echt.
Er nahm alles an Drogen und Bier, steckte es in einen großen Müllsack, und brachte ihn die Garage, wo der große Container stand. Und dort stand, zu seiner allergrößten Verwunderung, der Mercedes seines Vaters; völlig unversehrt.
»Wie ist das möglich? Unglaublich!«, stieß es aus seinem Mund hervor.

Ein paar Stunden später kam Martin mit einem dicken Umschlag unter dem Arm die Treppe in den Hausflur hinunter gestürmt, als ihm seine Mutter, mit der Kochschürze um die Hüften geschlungen, erstaunt anblickte. Er lächelte sie an. Das hatte er doch so lange nicht mehr getan.
»Was hast du da unter dem Arm?«, fragte sie neugierig und etwas misstrauisch.

»Meine Bewerbungsunterlagen für die Universitäten. Ich habe mich entschlossen zu studieren, und bewerben werde ich mich in Koblenz, Frankfurt und Siegen. Eine Uni wird mich gewiss annehmen, und alle Städte liegen in der Nähe. So kann ich euch jederzeit besuchen!«, antwortete er und lächelte wieder wie ein fröhliches Kind vor Weihnachten.

Er stürmte aus der Haustüre heraus in Richtung Briefkasten am Ende der Straße.

Seine Mutter blieb staunend zurück. Und sie spürte ein Gefühl von Stolz; ja, richtig großen Stolz auf ihren Sohn, der nun hinausgegangen war, um neu anzufangen. Dieses Gefühl musste sie teilen und rannte hinaus in den Garten, wo ihr Mann gerade das Unkraut jätete.

Als Martin zehn Minuten später vom Briefkasten zurückkehrte, standen seine Eltern bereits draußen, und der Mercedes (oh wie hatte der Bote aus der Unterwelt das die Nacht bloß gemacht? Die Karre war doch nur noch ein Schrotthaufen nach dem Unfall gewesen, dachte sich Martin) stand abfahrbereit in der Einfahrt. Und seine Eltern grinsten, als hätten sie in der Lotterie gewonnen.

»Gibt es was zu feiern, Mama?«

»Oh, das kann man wohl sagen«, lachte sein Vater und legte ihm nach Jahren wieder den Arm um die Schulter. »Wir sind froh und stolz, dass unser Sohn der erste Akademiker der Familie wird. Und das muss gefeiert werden, mit einem tollen Essen. Komm, mach dich fertig, wir fahren nach Hachenburg zum Hirschkeulen-Essen.«

Martin stand vor Erstaunen der Mund offen. Er freute sich darüber, freute sich, dass sein Vater auf ihn zugegangen war und ihm so die Hand reichte. Es gab noch viel zu klären zwischen seinen Eltern und ihm, doch das musste nicht alles jetzt ausgesprochen werden.

»Eins würde deine Mutter und mich aber interessieren, mein Junge...wie kommt der plötzliche Wandel? Hast du ein Mädchen kennen gelernt?«, zwinkerte er seinem Sohn zu und boxte ihm spaßeshalber mit dem Ellbogen in die Seite.

Martin blickte seinen Vater mit offenem Mund an. Was sollte er bloß sagen, die Geschichte glaubte ihm doch eh keiner.

»Nun Papa, ich habe erkannt, dass wir unser Leben selbst in die Hand nehmen müssen; wir bestimmen, ob wir glücklich werden oder nicht!«

Sein Vater lächelte nun noch stolzer, ganz nach dem Motto „so etwas kluges kann nur mein Sohn sagen" und drückte ihn an sich.

Die Türen des Wagens schlugen zu und der unversehrte Mercedes setzte sich von Wehbach aus in Bewegung, wieder in Richtung L 288. Martin hatte auf der Rückbank Platz genommen, auf seinem Schoss lag ein kleiner weißer Schreibblock und ein Kugelschreiber. Er musste diese Geschichte einfach niederschreiben, er musste diese Erfahrungen weitergeben...wie vielen drogenkranken Menschen ging es miserabel, und wie viele könnten so vielleicht aufgeweckt werden?

Die Sonne schien an diesem Mittag herrlich warm vom Himmel, und ließ das große Umspannwerk kurz hinter Betzdorf prachtvoll in der Sonne funkeln. Martin lächelte verschmitzt, als er daran dachte, was seine Augen gestern an diesem Ort gesehen hatten. Die rechte Hand ergriff den Kugelschreiber und begann sein erstes Buch...

Diese Geschichte geht an alle Stubenhocker, an alle ewig nörgelnden Konsumenten unserer Gesellschaft. Auch geht sie an alle Süchtigen, egal ob es der Computer, die Drogen oder der Alkohol sind. An alle, die ihr vergessen habt, wo euer Ursprung ist, was die wahre Macht auf Erden ist! Bewegt euren Arsch aus der Haustüre hinaus; denn da draußen ist die echte Welt, nicht vor den Flimmerkisten in HD mit unzähligen Millionen Pixeln. Nicht in braun-weißem Pulver oder bunten Tabletten. Versteckt euch nicht, sondern lebt euer Leben...wir haben leider nur ein einziges! Zerstört es nicht für einen schönen Moment abseits des Verstandes. Es ist das kostbarste Geschenk von Gott, der Natur oder woran ihr auch immer glaubt...

So sollte das Vorwort lauten.
Martin ließ den Kugelschreiber sinken und dachte nach. Dieser Moment war endgültig ein Abgesang von alten Werten. Er verließ nun seine Liebe zu der schaurigen Einsamkeit, zu heruntergekommenen Bahnhofsgebäuden und zu verlassenen Schienen, die in die Einsamkeit führten. Weg von der Traurigkeit hin zur Fröhlichkeit. Und für immer weg von den Drogen...

Die Sonne blendete ihn durch das Wagenfenster und ließ Martin auf ein Getreidefeld blicken, welches sich goldfarben im Wind hin und her bog. Und dort stand er, der schwarze Mann, der ihn letzte Nacht auf einen Höllenritt in seinem Shelby mitgenommen hatte. Ein brennender, stechender Schmerz in seiner Wade zeigte Martin, dass es doch kein Traum gewesen war. Doch was es auch immer der schwarze Mann war, Martin war dankbar dafür, und er lächelte aus Demut.

Der schwarze Mann erhob seinen rechten Arm und begann ihm zu winken. Als Martin dies unauffällig erwiderte, damit seine Eltern keinen Verdacht schöpften, formte das Etwas seine Hand, und streckte den Daumen nach oben.

Du bist auf einem guten Weg, mein Junge hörte Martin plötzlich die fremde Stimme in seinem Kopf hallen.

Der Mercedes fuhr unaufhaltsam weiter, das Kornfeld wurde kleiner und kleiner, doch das Etwas hörte nicht auf zu winken, bis Martin ihn in der goldenen Sonne für immer am Horizont verschwinden sah.

Begonnen um Weihnachten 2010;
beendet am 23.Mai 2011.

Überarbeitet für die 2.Auflage im März 2017.

2. Auflage
Bilder und Text

Nähere Informationen:

www.jshawkings.jimdo.de

Nachwort

Diese Geschichte ist dem traumhaft schönen Westerwald, mit seinen einsamen Straßen, seinen unendlichen Wäldern und den kleinen Dörfern darin, gewidmet.

Besuchen sie diese Gegend, die einem am Tage in der Sonne ein begeisterndes Lächeln abverlangt; und die einem Nachts einen wohligen Schauer der Einsamkeit den Rücken hinunter laufen lässt.

Für eine Welt voller Magie und Wunder!

Danke an Dieter Tröps und Jürgen Kalitzki für Impressionen!

Danke an die Band *Pink Floyd* !

Schöne Erinnerungen können einem das Leben retten!

Ihr

Jonathan S. Hawkings

TWENTYSIX – der Self-Publishing-Verlag
Eine Kooperation zwischen der Verlagsgruppe
Random House und BoD – Books on Demand

© 2017 Jonathan S. Hawkings

Herstellung und Verlag:
BoD – Books on Demand, Norderstedt

ISBN 978-3-7407-3262-2